AF434212

8 PECADOS

ExLibric

PEPA LÓPEZ SEVILLA

8 PECADOS

EXLIBRIC

ANTEQUERA 2021

8 PECADOS
© Pepa López Sevilla
© de la imagen de cubiertas: Alberto Oliva Vilches
Diseño de portada: Dpto. de Diseño Gráfico Exlibric

Iª edición

© ExLibric, 2021.

Editado por: ExLibric
c/ Cueva de Viera, 2, Local 3
Centro Negocios CADI
29200 Antequera (Málaga)
Teléfono: 952 70 60 04
Fax: 952 84 55 03
Correo electrónico: exlibric@exlibric.com
Internet: www.exlibric.com

ISBN: 978-84-18730-68-9
Depósito Legal: MA-623-2021

Nota de la editorial: ExLibric pertenece a Innovación y Cualificación S. L.

PEPA LÓPEZ SEVILLA

8 PECADOS

1. Avaricia

Día de rebajas

Es sábado de rebajas, sabías que el centro comercial rebosaría de gente, pero no has podido decirle «no» a tu madre, que te ha llamado esta mañana temprano para proponerte que fuerais de compras, las dos solas. Aunque querías mantener tu compromiso de no consumir en fin de semana, al final dijiste que sí porque hacía tiempo que no pasabais un día juntas. Pero esa no es la única razón, ¿verdad? También aceptaste acompañarla porque necesitabas salir de dudas: nunca habéis hablado de lo que sucedió la última vez que vinisteis al centro comercial y su invitación te ha parecido una oportunidad para hacerlo. «Sí, mamá», le dijiste mientras contemplabas con placer los móviles colgantes de tu salón. No eres obsesiva, pero tienes tus obsesiones, y los móviles son una de ellas; hay al menos uno en cada habitación de tu piso. Tu fijación por ellos empezó cuando tenías once años y pasaste un fin de semana en la casa de la abuela de tu mejor amiga, en el campo. No era la primera vez que ibas a aquella casa, pero sí la primera que oíste aquella musiquilla, y cuando sucedió, dejaste de ser la que eras, como si hubieras tomado conciencia de algo trascendental. La casa en sí misma no era gran cosa, pero la propiedad incluía una pequeña finca por la que corrían a sus anchas una yegua y su potro. También había un pequeño limonero, junto al cual tu amiga y tú os sentabais durante horas para hablar de cosas de niñas. El limonero daba paso a un pórtico donde un móvil colgaba del techo. Una circunferencia de madera oscura —como el pelaje de la yegua y su cría— sujetaba varias cadenitas de cobre rematadas por pequeñas campanas, y no te habrías percatado de él de no ser porque aquella tarde hacía viento y las campanitas comenzaron a moverse. El sonido de los badajos metálicos sobre la madera te cautivó, y entonces te pareció que todo era perfecto en aquel lugar, y fuiste feliz entre tanta naturaleza viva. Por eso las puertas de tu apartamento en la ciudad siempre están abiertas en los días de viento, para recrearte en la cadencia con la que las piezas de tus móviles se rozan unas con otras y acercarte así, momentáneamente, al recuerdo de la felicidad en aquella casa de campo.

Tu madre camina detrás de ti, con esos pasitos tan cortos que te irritan. No la esperas; aún estás molesta porque te haya pedido que la acompañes a las rebajas. ¿Cómo es posible que todavía no se haya enterado de que te has comprometido a no consumir los sábados y domingos? Te asquea esta costumbre suya de no enterarse de nada de lo que le dices. Como aquel día en que, en medio de una comida familiar, anunciaste que ibas a dejar de comer carne durante un tiempo. En ese momento ella no dijo nada, pero apretó los labios en un gesto que no supiste interpretar. Y cuando te invita a comer siempre te ofrece carne acompañada de una disculpa que te suena fingida: «Ay, perdona. Bueno, cómetelo. Total, por una vez». Y te hace sentir como la hija que ella no querría tener, con esas ideas tan raras que se te ocurren a menudo —como la de no comprar en fin de semana ni comprar productos envueltos en plástico—. ¿¡Por qué no serás como todo el mundo!? Su mundo.

El primer establecimiento al que entráis es una tienda de ropa bonita y barata. Mientras esperas a que tu madre se decida por algo, miras a tu alrededor como si fueras un detective que inspecciona el lugar de un crimen. Hay muchos clientes y todos se mueven caprichosos y rápidos, orgullosos de lo que van adquiriendo en su paseo por el centro comercial —objetos hechos de fragmentos de la Tierra mientras esta se marchita vertiginosamente—. El aire acondicionado está muy alto y sientes frío; afuera, la Tierra quema.

Tu madre se aleja un poco. Tú la persigues con la mirada, pero pronto la desvías hacia una joven que se está probando unos vaqueros ante los ojos atentos de una amiga, o una compañera, o una hermana. Frente a un espejo, la joven desliza las palmas de sus manos por los muslos, para alisar los pantalones. Y se da la vuelta, feliz ante la compra inminente. Pero no se decide y se pavonea tímida, con fingida indecisión.

—Me hace mucho culo.

—¡Qué va, tonta! Además, tienes un buen culo.

—No sé, no sé, voy a probarme los otros —los otros dos.

Lleva suelta su melena castaña y los labios pintados de un rojo intenso. La boca escarlata te desagrada, pero no es por el color; son sus labios finos y alargados, que no dejan de sonreír. No te gusta la gente que ríe por todo, te parece que hacen un esfuerzo grotesco para distorsionar la realidad, como si quisieran aparentar lo que no son o que todo va bien, que nuestro planeta es el mismo de antes, el de hace mucho tiempo. Después de veinte minutos, tu madre por fin elige tres pañuelos —así la unidad sale más barata que si compra solo dos—. La joven de la boca que siempre sonríe se lleva los tres vaqueros. Y cuando se dispone a cruzar la puerta, algo parecido a una mezcla de saliva y carmín le cae por la comisura de los labios. Igual que la otra vez.

Salís de la tienda y entráis en otro establecimiento. Tu madre ojea, elige y compara. Examina la ropa con avidez, como si se acabara el mundo —que se está acabando, aunque por otros motivos—, y después de un cuarto de hora, aún no se ha decidido. Te exasperan su avaricia y su indecisión, y la facilidad con que se deja arrastrar por el ansia de acumular cosas, lo que sea. Comienzas a morderte las uñas y piensas que quizás venir haya sido un error después de todo. Porque ¿qué harás si confirmas tus sospechas?

A tu lado, una señora que huele a jazmín rancio habla con la dependienta en la caja. Te hace gracia el gesto involuntario que hacen sus ojos arrugados al sonreír. Está radiante, y sus dientes amarillentos contrastan con el carmín rojo de sus labios, que se mueven rápidos cuando comienza a hacerle preguntas a la dependienta, visiblemente irritada. Que sí, que tiene quince días para devolver la ropa si no se la ve bien en casa. Que sí, que solo basta con presentar el *ticket*. Que no, que no tiene que llevarse otra prenda, que se le devuelve el importe completo. Finalmente, la mujer decide llevarse todo lo que ha escogido. Cuando paga, se gira hacia ti y das un respingo; de nuevo el hilillo viscoso y granate que corre despacio por su barbilla, un poco más despacio que el de la joven de los vaqueros.

Al fondo, tu madre sigue mirando etiquetas, seguramente buscando los precios más baratos. Le ha gustado una falda verde, grita, pero quiere ver más, quiere verlo todo, llevárselo todo, y cumplir así sus deseos. ¡Tiene tantos! No son caros, pero son muchos. Desde el mostrador, la dependienta la anima a que compre cualquier cosa que le guste. Por este dinero… Ella te mira buscando tu complicidad, pero no la encuentra. Y entonces hace ese gesto con los labios otra vez, ese gesto que ahora entiendes: ha visto tu desprecio, ¿acaso te crees mejor que ella? Finalmente, abandonáis la tienda con otra bolsa cuyo contenido ha costado la mitad de lo que costaba antes de las rebajas.

—¿No te gusta nada? —pregunta con cierto retintín.
—No —respondes sin sonar muy convincente.

En realidad, sí crees que hay cosas preciosas, pero te resistes a ellas como te resistes al azúcar, y entráis en otro establecimiento, también de ropa bonita y barata. Quieres saber qué necesita ahora: nada y todo. No necesita nada, dice, pero con estas gangas le vendrá bien cualquier cosa. Es la mejor razón para consumir: los bajos precios. Ninguna otra es tan convincente. Todo es muy barato porque está hecho en un lugar mucho más pobre que el vuestro, por gente que apenas gana para poder comprar. Pero estáis muy lejos de ese lugar, ¿verdad? Muchos otros clientes dan vueltas en el establecimiento, llenos de deseos, supones. Y hay precios para todos ellos. Vuelves a mirar a tu madre, una hebra brillante y pegajosa le corre ahora por la comisura derecha de los labios. Igual que la otra vez.

Entonces salís al pasillo. Un escaparate llama tu atención. Te acercas y miras dentro. De un falso techo cuelga un gran corazón hecho de trocitos de papel de colores, sujeto por una delicada cinta de raso azul eléctrico. Una constelación de planetas de lana se balancea suavemente a su lado. Pero no son solo móviles lo que ves a través del cristal. Reflejada en el escaparate, tu madre te observa, inmóvil, como si fuera un robot. No es la única; hay un pequeño grupo de gente a su lado. Todos sostienen varias bolsas y babean delgados hilos de saliva escarlata. Por primera vez sientes miedo —aún no sabes de qué, aunque lo sospechas— y te refugias en el interior de la tienda. Lo que ves ahí te atrapa y te hace olvidar por un momento. El establecimiento no tendrá más de treinta metros cuadrados, suficientes para cumplir pequeños deseos como el tuyo. Debe de haber cientos de móviles colgantes y son bellísimos, todos ellos. De piedra y papel, de conchas de almeja, de cuero y de alambre. Los más próximos al aire acondicionado tintinean y sientes la melodía que te trae a la memoria los caballos, el campo y el limonero, y también esa tarde perfecta. Examinas los precios, están en rebajas. Y tu alma sonríe ante la oportunidad de satisfacer ese deseo tan asombroso que surge de lo más profundo de tu espíritu, de tu yo niña de once años.

—Están muy bien de precio —te dice el dependiente—, estamos liquidando.

—¿Vais a cerrar?

—No, nos trasladamos.

Entonces coges una campana de paz y una cortinilla de láminas metálicas. Y cuando te diriges al mostrador sientes un dolor en el estómago que te hace dudar. Piensas en la yegua y su potro, y en la naturaleza viva. Y por un momento decides no comprar los móviles. Y miras a través del cristal y ves de nuevo a tu madre con sus bolsas. Ahora está sola, mirando hacia el escaparate mientras te espera, quizás con el deseo de confirmar que no eres mejor que ella, aunque lo intentes.

Después de pagar sales de la tienda con una bolsa de plástico en la mano y una vergüenza que nace del recuerdo de tu propia casa adornada con incontables móviles colgantes; la culpa que sucede a la traición.

—Hija, alegra esa cara. Solo es un móvil, un caprichito de nada —dice con evidente sarcasmo, como burlándose de tu presunta superioridad.

La miras sin hablar y observas tu bolsita, que parece ridícula al lado de sus tres bolsas; pero el pequeño número de fragmentos robados a la Tierra no te hace sentir mejor. Tu madre se acerca y te coge del brazo, y camináis como si fuerais cómplices de un delito. Sonríe, parece contenta; supones que ahora tiene la hija que siempre ha querido tener. Tú también sonríes, y te acercas más a ella para darle un beso en la mejilla. Y acaricias con la yema de tu dedo índice la hebra roja que se desliza por las comisuras de sus labios. Entonces os dirigís a un almacén de ropa *vintage,* la que tanto te gusta. Ya no te resistes y decides pagar el precio de compartir un día de rebajas con ella. Y sigues adelante, excitada ante la idea de consumir, como un adicto ante una dosis inmediata. Antes de entrar, tu madre se te queda mirando la barbilla y sonríe de nuevo. Tú vuelves a contemplar tu bolsa y entráis en la tienda mientras te limpias de la boca algo viscoso que no es saliva. Dentro, la piel se te eriza y sientes frío; el aire acondicionado está muy alto. Afuera, la Tierra quema.

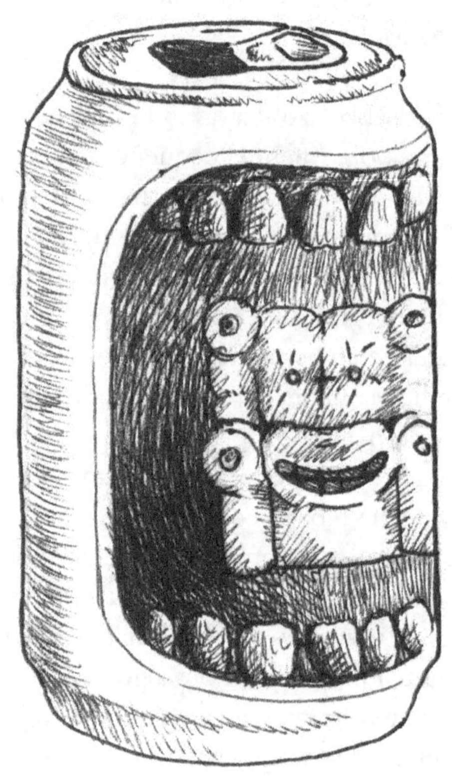

2. Pereza

Oxígeno activo

Son las dos del mediodía del primer sábado sin su mujer en doce años. Matilde abre una cerveza y se sienta en su sillón, frente a la tele. «¡Qué a gusto!», se dice mientras acaricia el sillón con sus dedos largos. Acurrucada bajo las enaguas de la mesa camilla, pone los pies en el brasero, con cuidado de no quemarse los calcetines, y le da un trago al botellín. Mira hacia la pantalla y sonríe. Tiene polvo, y no la va a limpiar. «¿De acuerdo, Paula? No la voy a limpiar; ya no puedes obligarme, querida, estás muerta». Tampoco se levanta a por el pañito de croché que Paula insistía en usar para proteger el color a la altura de la nuca. Se recuesta en el silloncito y permite que su pelo graso toque la pana.

Paula murió el miércoles, hace tan solo tres días. A pesar de lo mucho que le advirtieron de que estos primeros días serían muy duros, lo cierto es que Matilde aún no la echa de menos. En parte se siente aliviada, porque su muerte la ha eximido de un ritual sabático de limpieza que incluía cambiar sábanas, retirar muebles y vaciar los armarios. Si por ella hubiera sido, habrían dedicado este día a remolonear en la cama. Pero Paula no perdonaba ni un solo sábado. Solía levantarla muy temprano, para que a las tres del mediodía la limpieza ya estuviera terminada. Entonces se duchaban y se ponían un pijama limpio con olor a jazmín, y se quedaban el resto del día en casa. Matilde no entiende por qué nunca se opuso a esta rutina exasperante, y eso que siempre ha aborrecido limpiar en sábado; le recuerda a su adolescencia, cuando su madre la obligaba a dejar impoluta la casa donde vivía con su familia. Mientras, su padre y su hermano se iban a pescar, porque limpiar no es cosa de hombres. Eso decía su madre.

No debió haber ocurrido en miércoles, todavía está perpleja. Desde hacía algún tiempo, sentía que algo así debía suceder, pero no en miércoles. Si no se hubiera empeñado en fregar la lámpara del salón esa mañana… Ella intentó disuadirla para que no lo hiciera. «Paulita, por Dios, que es miércoles, ¿cómo se te ocurre ponerte a limpiar hoy? ¡Y a estas horas! ¡Vas a llegar tarde al trabajo!». Ahora Matilde saca el reposapiés del sillón y se recuesta aún más. Se siente como una reina en un trono de terciopelo. Coge su cetro y enciende la televisión. Le da un trago a la cerveza mientras busca su programa favorito: un documental, por capítulos, sobre asesinos en serie que empezaron a poner no hace mucho. Cuando Paula vivía, nunca pudo verlo, porque su esposa se empeñaba en ver los informativos, todo el tiempo —¿por qué nunca se opuso a que decidiera qué debían ver y qué no?—. A ella no le gustan los informativos, la irritan mucho, pues repiten una y otra vez las mismas noticias. A ella lo que le gusta es indagar en las mentes ajenas —tan únicas, tan imprevisibles—, especialmente en las de los criminales. Y ahora que Paula no está, ella es la reina, la que decide qué ver en la tele y cuándo limpiar. Lo decide todo.

Aún no ha empezado el programa, pero falta poco. Matilde permanece sentada en su cómodo sillón, esperando, recreándose en el tacto suave de la pana *beige*. Entonces la ve: la mancha oscura en el borde del mueble de pino, la que dejó la cabeza de su esposa al caer sobre la madera clara; la había olvidado. Se incorpora enseguida, en un intento espontáneo de correr a por una bayeta. Pero se contiene. No. No la va a limpiar, «¿de acuerdo, Paula?».

La va a dejar ahí unos días más, quizás unas semanas, hasta que le parezca, hasta que se le antoje limpiarla; desde luego no será hoy sábado. Y vuelve a mirar la pantalla. Esta vez la protagonista es una mujer de unos treinta años. Qué raro, creía que no existían asesinas en serie. Curiosa, intenta concentrarse en el programa, pero no puede, porque le resulta imposible apartar la mirada de la mancha de sangre y, de vez en cuando, se queda observándola con el rabillo del ojo izquierdo, como esperando que comience a hablarle. Sube el volumen de la televisión para no oírla. «No pienso hacerlo, Paula. Hoy no. No pasa nada porque se quede ahí un poco más, querida, no pasa nada».

El programa no ha hecho más que empezar y ya hay un anuncio. Es de ese limpiador con oxígeno activo que huele tan bien… El que Paula solía comprar. Matilde aspira con fuerza y casi puede sentir el aroma fresco y limpio del producto expandido por todo el suelo de su salón. El perfume de los sábados. En un impulso, se levanta del sillón y regresa con un bote del producto que acaban de anunciar; también trae un trapo. Examina la sangre con tanta atención que parece que la acaba de descubrir. «De acuerdo, limpiaré la maldita mancha. ¿Por qué diablos no han puesto un anuncio de bombones?». Pero no la limpia, su mano se detiene cuando el trapo está a punto de tocar la superficie seca y negruzca. Finalmente, deja el oxígeno activo y el paño encima de la mesa. «No», se repite. Hoy no; hoy no piensa hacer nada. Se sienta y se aferra a su querido sillón como quien se aferra a las barras de una montaña rusa, para que nada pueda arrastrarla hacia donde no quiere. Levanta ligeramente la cabeza y se queda examinando el aire. «No querrás fastidiarme, ¿verdad, Paula? Pues que sepas que la sangre va a seguir donde está, sin remordimientos, cariño». Y suspira orgullosa, como si hubiera ganado el primer combate de una dura pelea.

Matilde continúa viendo la tele. En la pantalla vuelve a aparecer la fotografía en blanco y negro de la célebre asesina. Con esa cara de angelito, ¿cómo es posible que haya matado a tanta gente? El caso le confirma lo que siempre ha pensado: nadie sabe lo que ocurre en las cabezas de los demás. Ahora les está gritando a los fotógrafos, ¡vaya carácter! Quién lo iba a decir. Su mujer también le gritó cuando se atrevió a preguntarle que por qué se ponía a fregar la lámpara un miércoles, y tan temprano, y antes de irse a trabajar. «Si lo hubieras hecho tú el sábado, yo no tendría que hacerlo ahora», le reprochó. Y como no se vio con ánimos de comenzar una riña a las siete y media de la mañana, Matilde se fue a la cocina a prepararse un café. Unos segundos más tarde oyó el otro grito, distinto al anterior, como los que da la gente cuando piensa que se le va la vida en ello. Corrió hacia el salón y vio a Paula tambaleándose hacia atrás. «¡Agárrame, Matilde, agárrame!». «Agarrarte; como si yo hubiera podido evitar lo inevitable. Lo que tenías que haber hecho era irte a trabajar. No era el momento de fregar la lámpara, Paulita, no lo era. Y hoy tampoco lo va a ser; ya sé que es sábado, pero no, hoy no voy a fregar nada. Ahora estoy sola, puedo hacer lo que quiera. Y no voy a quitar ni el polvo ni la dichosa mancha de sangre».

De repente oye cómo arrastran muebles en el piso de arriba. Lo había olvidado, es su vecina Carmen, que también hace limpieza en sábado, aunque ella la hace por la tarde. Por la mañana se dedica a hacer la compra. Matilde conoce bien su rutina, porque Carmen solía hablar mucho con Paula de eso y de otras cosas que tenían que ver con fregar, barrer y desinfectar. Su esposa le daba consejos para que el suelo le quedara más brillante o para que el inodoro oliera mejor. Matilde sube aún más el volumen de la tele, en un intento de aplacar el ruido que, supone, hace su vecina al retirar los sofás. Se hace el silencio y se la imagina barriendo el suelo. Mira entonces hacia el sofá de su salón y piensa en las pelusas que habrá debajo; ya hace una semana que no se barre. Sus manos aprietan de nuevo el sillón, con fuerza, como si el asiento pudiera detenerla para que no se levante y coja la escoba. En la pantalla, la discusión continúa, pero no puede seguir el hilo de lo que se dice; su cabeza está en el piso de arriba. Escucha un golpe, corto y pesado: es el cubo de la fregona, lo ha reconocido a la primera, y contiene agua. Cuenta uno, dos, tres..., dieciséis, y llega de nuevo el ruido inicial; la vecina está colocando los sofás en su sitio. Matilde aprieta los labios con disgusto; no debería hacer eso, todo el mundo sabe que hay que esperar a que el suelo esté completamente seco; si no, se le quedan las marcas. A ella se lo enseñó su madre y Paula siempre la ayudaba a recordarlo.

En la pantalla están juzgando a la asesina en serie. Uno de los miembros del jurado la insulta e intenta abalanzarse sobre ella, pero no ha podido oír qué relación tenía con la víctima. Maldita sea. Sube el volumen de la televisión para concentrarse en el documental. Pero no puede; otro ruido que le resulta familiar llama su atención. Está convencida de que su vecina ahora está limpiando una estantería y algunos libros se le han caído al suelo. Paula hacía lo mismo: retiraba todos los libros y pasaba un trapo mojado en Pronto jabonoso disuelto en agua; los estantes quedaban relucientes y olían tan bien... Cuando había terminado con el mueble, le llegaba el turno a los libros. Su esposa se recreaba en quitarles el polvo uno a uno y los colocaba por orden alfabético.

Se pregunta si Carmen también lo hará así o si es de las que los ordena por tamaño. Suspira, y se inquieta al distinguir en la exhalación una cierta nostalgia. No ha hecho ningún esfuerzo, pero se siente cansada. Mira de nuevo la mancha. Esta vez coge la bayeta y el oxígeno activo de encima de la mesa y comienza a limpiarla. Y se promete que no hará nada más. «¿Me oyes, Paula? Nada más». Retoma su programa favorito. Se sube las enaguas e intenta concentrarse en él. Pero no se quita de la cabeza a la vecina del segundo, que aún estará liada con la estantería, trapo en mano, repasando cada mota de polvo. Y se imagina un bello espectáculo: un trapo usado, el mismo con el que habrá limpiado otros muebles, y las partículas blanquecinas en suspensión, de nuevo cayendo sobre la superficie tras cada pasada, lentamente. Matilde apaga la televisión y se dirige al armario de los útiles de limpieza. «Me estás fastidiando, Paula, me estás fastidiando».

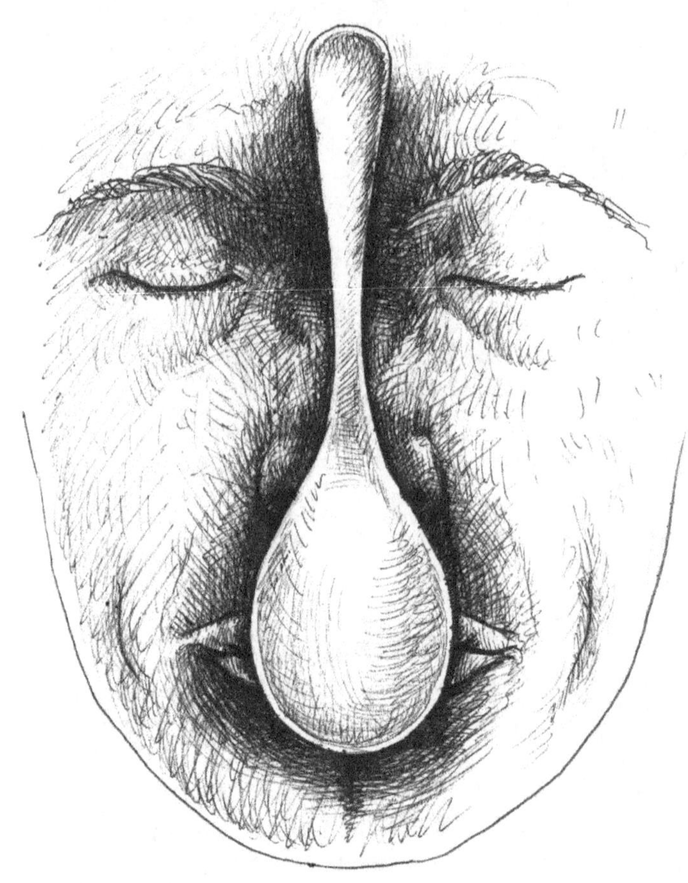

3. Gula

Cena de empresa

«¿Por qué habré venido?», se pregunta Isabel mientras llegan las bebidas y los entrantes a la mesa, involuntariamente paralizada en una silla de nea encajada en un rincón de un restaurante minúsculo y pretencioso. No le gustan sus compañeros y tampoco soporta las celebraciones. Además, aunque no esté a dieta, siempre cuida mucho su alimentación y hoy prevé que caerá irremediablemente en la glotonería. Así pues, debió de ser por el silencio, piensa, por huir del silencio de una noche de sábado en un pequeño apartamento, sin planes y sin nadie a quien telefonear. Ese silencio que le trae a la memoria el recuerdo de una carretera inundada que la atormenta y le impide disfrutar de la soledad en su pisito recién comprado y decorado con tanto mimo. Solo tiene una tregua cuando logra distraerse, como en la vorágine de los días laborales —donde el ruido es infinito— o de las grandes reuniones, en las que normalmente tiene que pagar el precio de compartir su tiempo con quien no soporta. Isabel se sirve una copa de vino y empieza a comer, callada, con los codos sobre la mesa y la mirada fija en las mejillas atiborradas de sus colegas, cuyo masticar furioso no les impide hablar ni reír.

Los entrantes desaparecen con la misma rapidez con la que todos llenan sus copas. Son las nueve y media de la noche, pero aún hace calor y no hay aire acondicionado; algunas mujeres se abanican con fuerza. Dos camareros retiran las bandejas doradas y vacías de los entrantes; otros dos sirven el primer plato del menú, a elegir entre gazpacho y salmorejo. Isabel se ha decantado por el segundo porque nunca lo hace en casa —demasiado pan—. Examina con cierta culpa la crema rosada, que tiene buen aspecto; suspira y contempla a los demás. De momento se siente relajada, es poco probable que se dirijan a ella ahora que están absortos en la comida.

Cuando termina el primer plato, Isabel se aferra a su cuchara para seguir pasando desapercibida. Si alguien le hablase, ella podría fingir que se le cae al suelo o a la mesa, lo que le daría una oportunidad para desviar la conversación hacia otros comensales. ¡Le cuesta tanto digerir las charlas frívolas de sus compañeros! Además, nunca tiene nada que decir y, como suele quedarse callada ante la gente que no tolera, al final da la impresión de ser estúpida; eso ha oído —y le aterra parecer estúpida—.

Todos han bebido ya unas copas y el ambiente es ahora más distendido; teme que pronto alguien se dirija a ella. Ojalá no lo hagan. Se remueve en la silla, inquieta. Su rincón apartado ya no le parece un lugar tan seguro, tampoco se lo parece la cuchara, y dibuja con el dedo el contorno de las manchas desiguales sobre la blancura pajiza del mantel, ahora salpicado de migajas, como si esta distracción sí que pudiera volverla invisible. Respira aliviada al sentir el ruido de los camareros que se llevan los platos vacíos y sirven el plato principal, a elegir entre solomillo con salsa de almendras y salmón al horno. Elige la primera opción, porque tampoco suele comerlo por lo indigestas que son las salsas. Los demás celebran la llegada de más comida y, por un momento, dejan de hablar, pero solo por un momento.

Isabel se acerca al plato. Huele tan bien… Rellena su copa de vino por cuarta vez y comienza a cortar la carne, en silencio. A su derecha, el que está a punto de jubilarse charla entusiasmado con el enchufado mientras mastica un trozo de solomillo. Le sonríe con la boca llena y de vez en cuando le ofrece de su plato. Su sonrisa le dice «inútil, enchufado, te odio por ser un parásito, pero toma mi cena, la comparto contigo porque soy indulgente y perdono tu ineptitud», tras lo que se relame los labios, como queriendo atrapar el gusto que le ha dejado su condescendencia. Isabel deja caer el tenedor en su plato; le resulta insoportable tragar tanta hipocresía y aparta el solomillo aún por terminar. Qué a gusto podría estar ahora en su apartamento, pero el silencio… ¡Ay, el silencio!

A pesar de que aún hay restos de comida en muchos platos —y no parece que los comensales se los vayan a acabar—, los camareros traen los postres. Ella ya no puede más. ¡Cuánta comida! ¡Qué derroche! ¡Qué desperdicio! Un desperdicio semejante al de esa noche de un verano de su única vida, allí, entre extraños. Se lleva las manos a las sienes y aprieta con fuerza. Las yemas de los dedos se le humedecen; tiene náusea, demasiado vino y demasiada comida, y ahora contempla el flan de huevo como si tuviera que tomar una decisión trascendental. Agita el platillo y el flan se mueve trémulo e inestable. A pesar de sentirse llena, no puede decir que no y acaba devorándolo.

—¿Puedes abrir la ventana, por favor, Nuria? —le pide a su compañera.

Nuria, la que tiene un trabajo que nadie sabe en qué consiste, se pasa el tiempo libre haciendo bizcochos; según ella, porque la repostería la relaja. Después se los come, pero no los disfruta; se arrepiente inmediatamente, porque está intentando adelgazar. A

Nuria le gusta espiar a los compañeros y después contar lo que descubre, o eso se rumorea. Ríe mucho y vomita palabras de la misma forma que engulle bizcochos, a veces sin sentido. También se jacta continuamente de su cualidad feminista, pero no es una mujer liberada, siempre anda preocupada por su hija, pues no confía en que su marido sea capaz de cuidarla como es debido. ¡Si ni siquiera sabe tenderle la ropa! Eso le contó una vez que caminaron las dos a casa después del trabajo. Fue cuando descubrió que Nuria no solo chismorrea de otros, lo que le parece aún más difícil de digerir.

La mayor parte del grupo ha terminado ya de cenar y ahora apuran los restos de vino de sus copas. Es el momento de la charla de sobremesa. Isabel permanece callada y los observa a todos con la ansiedad de quien está obligado a dirigirse a una audiencia que le resulta insoportable. En cualquier momento intentarán hablar con ella, seguro; no ha dicho palabra en toda la noche. Le parece que el que está a punto de jubilarse hace un amago de preguntarle algo. ¡Menos mal que ha localizado una bolsa de picos milagrosamente aún por abrir! Sonríe. Su mano estruja la bolsita debajo de la mano caliente del enchufado; ella ha sido más rápida. La abre con avidez y su boca vuelve a estar llena. Y de vez en cuando sonríe al aire, como para mostrar a los demás que escucha, que le interesa lo que dicen. Y dirige el dedo índice a sus labios para justificar su silencio. No se habla cuando se come.

Entonces oye la voz del secretario de la jefa repitiendo hasta la saciedad —la de los demás— lo lindo que es su nuevo apartamento, el que ha comprado por mucho menos dinero de lo que valía porque es muy listo y ha negociado con verdadera astucia. El rostro de Isabel se suma, con cierta admiración, a los rostros teatrales de sus compañeros, que lo aplauden maravillados. Él recibe las alabanzas con evidente placer. Nunca se cansa de engullir elogios, en esto es muy avaro, más que ninguna otra persona que haya conocido. Es cierto que lo devora todo.

Los platos de los postres ya están vacíos, pero los camareros siguen sirviendo más vino y cerveza. El mantel blanco tiene ahora más manchas que en toda la noche y la plantilla se encuentra en el punto más álgido de su locuacidad. En el salón prevalece un ruido de borrachera que la tranquiliza y la exaspera al mismo tiempo. Los coches apenas se oyen, y eso que la ventana al lado de Nuria continúa abierta. Los ojos de Isabel se detienen un momento en una mosca solitaria. El insecto incordia entre los restos del azúcar líquido de su flan, que ya no puede ingerir porque está hastiada. Y vuelve a pensar en lo mucho que le habría gustado ser capaz de quedarse en casa. Se siente miserable, consciente de haber sido arrastrada hacia una situación que no quería, consciente de que fuerzas ajenas a sí misma la controlan. Entonces decide irse a casa; les dirá a sus compañeros que no se encuentra bien, que está sufriendo una indigestión.

Cuando se percata de que la jefa se dispone a dar su célebre discurso de agradecimiento —después de cuatro copas de vino—, Isabel se disculpa y abandona la sala, buscando el espacio libertador de la calle en la noche, convencida de que nadie va a echarla de menos. Mientras baja las escaleras, escucha las voces exultantes de sus compañeros, que no paran de hablar entre las risas de unos y los gritos de otros. Se siente aturdida y cansada, sobre todo cansada.

Ya en la planta inferior —aún más pequeña que la de arriba—, ve a un hombre de unos ochenta años sentado en una mesa junto a la ventana, con el torso inclinado hacia adelante y la cabeza ligeramente agachada sobre un gran plato de cerámica verde, casi vacío. Un camarero se acerca y le sirve una copa de vino. Delante del hombre, apoyada sobre una cestita de mimbre que contiene restos de pan, hay una fotografía en blanco y negro de una mujer de edad avanzada. La mujer está sonriendo. Isabel contempla la silla vacía al lado del hombre y después la foto y de nuevo la silla. Y la fotografía otra vez. Y se imagina el ruido entre ellos: si te gustan las patatas, si necesitas más vino o me he encontrado a mi prima Conchi en el mercado, inesperadamente. Este ruido irreal y, sin embargo, atronador le hace recordar lo que su mente había olvidado durante la cena, y se desmorona. Llora lágrimas que no son de pena ni de tristeza, sino de rabia, porque ese impulso momentáneo que casi la lleva de vuelta a casa se ha esfumado. Arriba, los compañeros siguen conversando, riendo y gritando. Isabel decide que este ruido no está tan mal, que al menos le permite escapar de la carretera inundada que tanto la atormenta. Así que da media vuelta y comienza a subir las escaleras. Y subiendo, oye el tintineo familiar de un cubierto sobre una copa.

4. Envidia

La escalera indiscreta

Anochece, pero no enciende la luz para no ser visto a través del gran ventanal. Aguarda sentado en el sillón, su pierna izquierda sobre la mesita de roble, bajo una escayola tiznada que le pusieron cuando se cayó por las escaleras. Las de casa. Una escalera pequeña —que une la primera planta con la planta superior—, con tan solo ocho escalones bajos y amplios, hechos de cerámica rugosa de color pardo y azulejos verdosos en los bordillos. No es muy alta, pero cuando rodó por ella ocurrió lo improbable; iba a necesitar varias semanas de reposo y escayola. Fue entonces cuando sucumbió a la tentación de espiar a Elena. Su vecina favorita. La que vive en el piso de arriba. La que va a clase de yoga a las cinco y vuelve a las seis y media. Todos los días. La mujer más mujer del bloque, con su barriga ya de seis meses.

Al principio, comenzó a observarla como una forma de combatir aquellas tediosas horas de inmovilidad. Pero en tan solo una semana se había convertido en una adicción. Elena, con su cabello largo —siempre recogido en una trenza negra que deja caer sobre el hombro izquierdo— y la sonrisa grande y fresca, como la de una niña. La que una vez le dijo a su mujer que ser madre era lo que más deseaba en el mundo. Él no tiene hijos. A sus treinta y ocho años, su mujer no conoce la maternidad. Primero fue encontrar un trabajo. Después, comprar una casa. Y después solo dijo que ya no quería ser madre, tan despreocupada que le pareció que estuviera rechazando un postre o ir a ver una película. Ni siquiera lo miró a los ojos cuando le dejó tan claro que carecía de instinto materno, como si tener un hijo fuera algo que dependiera solo de ella.

En la calle se iluminan las farolas, al unísono, y el reloj de pared marca las seis y veinticinco. Está a punto de llegar. Alfonso coge la muleta de la mesita y deja caer el lado derecho de su cuerpo sobre ella, hasta ponerse en pie. Despacio, se acerca al ventanal, las luces del salón aún apagadas. La mano le suda sobre el mango de la muleta y traga saliva varias veces para paliar la sequedad de su boca. Se sitúa sobre el lado izquierdo de la ventana, su cuerpo oculto por la cortina de lino. Y entonces lo ve —al otro lado del cristal, bajo unas mallas negras de licra—: el vientre abultado que desaparece en apenas unos segundos. Hermoso, tan lleno de vida.

Durante un instante, Alfonso contempla con nostalgia la acera vacía, hasta que corre las cortinas y enciende la luz. El salón se ilumina entonces, y también la cocina de detrás de la barra americana. Apoyado en la muleta, se dirige al sofá —lentamente—, pero no se sienta. Coge un cojín y camina al vestíbulo. Se queda mirando su abdomen en el gran espejo y se coloca el cojín debajo de la camiseta que lleva puesta. Observa su vientre hinchado pero estéril. Primero de perfil, después de frente. Por un instante se engaña a sí mismo olvidando que él no puede parir, ni amamantar; y se siente feliz mientras sus dos manos acarician la barriga de embarazado. Entonces aparta el cojín y lanza su frustración contra el espejo. Y siente que ha conseguido aplacar la tentación, aunque no sabe muy bien de qué. Lo deja en el suelo y vuelve al sofá.

Alfonso se recuesta en los asientos mullidos. No puede dejar de pensar en la barriga de Elena. Ni en la risa de su hijo de cuatro años cuando, por las mañanas, su marido lo lleva al colegio. Tan henchido de orgullo que parece pavonearse de una paternidad que, en realidad, solo es fruto de la voluntad de Elena, la que concede la vida. O la que decide no hacerlo. De una patada, tira la muleta al suelo.

Entonces coge el mando y enciende la televisión, es la hora de los documentales. Le gustan, sobre todo, los del National Geographic. Se deja caer sobre el respaldo del sofá y mira la pantalla. Hoy el documental va de serpientes. Le apetece una cerveza, pero le disuade la lentitud de sus pasos. En su cabeza, la barriga de Elena se mezcla con las imágenes de los reptiles. Mira a su alrededor: el salón, la cocina de detrás de la barra americana y la escalera. Le parece hermosa; quizás un poco rústica. Se podría reformar. El ruido metálico de una llave en la cerradura lo distrae. Es su mujer, que vuelve a casa.

—Hola, cariño, ¿cómo te encuentras? —le pregunta mientras arroja el bolso en el sofá.

—Igual —refunfuña Alfonso.

—¿Te duele mucho?

—Me he tomado el calmante.

—¿Quieres algo? Voy a prepararme un té.

—Una cerveza —contesta mientras mueve enérgicamente una aguja de punto dentro de la escayola.

Sus ojos pequeños la observan en silencio. Tras la barra americana, su esposa prepara un té. Luego abre una cerveza, se la da al marido y se sienta a su lado. Él coge el mando y sube el volumen de la televisión. Una pitón acaba de engullir a una cría de carpincho; aún tiene la mandíbula desencajada. Un pequeño bulto se desliza, lentamente, hacia el interior del cuerpo viscoso del reptil, que apenas puede moverse y trata de permanecer oculto entre unos matorrales.

—¡Puaj, qué asco! —dice ella—. Voy al baño.

Desde el sofá la ve subir. La mirada de Alfonso permanece ahora fija en los escalones. Los pies de su mujer se apoyan con seguridad en cada peldaño. En la pantalla, una voz grave explica que la mala opinión que algunas personas tienen de las serpientes se debe sobre todo a motivos religiosos. Por la tentación. «Pobres serpientes», piensa sin dejar de observar las escaleras. Y entonces, de repente, estas comienzan a moverse. Alfonso se incorpora en el sofá de inmediato, confundido, sin saber muy bien qué está pasando. Cierra los ojos y vuelve a abrirlos con rapidez. Los escalones reptan como serpientes. Serpientes que se arrastran. Serpientes marrones con manchas verde aceituna. Y la tentación. Y los pasos firmes de su mujer. Y su vientre estéril. Y de nuevo la tentación.

—¿Por qué miras las escaleras? Estás embobado —dice ella— cuando regresa al salón.

—Anda, ayúdame. Yo también necesito ir al baño.

Apoya su mano derecha sobre la muleta y la izquierda sobre el hombro de su esposa, que lo ayuda a subir, despacio. De regreso, en lo alto de la escalera, Alfonso observa los ocho escalones, aún sin comprender. «Debe de haber sido efecto de la medicación», piensa. Y, entonces, la escalera-serpiente repta de nuevo, con movimientos lentos e imperceptibles para su mujer. Y el documental. Y las serpientes. Y la tentación. Y el vientre fértil de todas las Elenas del mundo, las que conceden la vida. O no. Bajan el primer y el segundo escalón, la mano de él sobre el hombro de ella. Pero no llegan al tercero. Todo sucede muy deprisa. Un solo empujón le basta a Alfonso para hacer rodar a su esposa. Él se queda quieto, apoyado en la muleta, esperando a que su mujer lo increpe por lo que acaba de hacer, pero ella no se mueve. Él tampoco. Permanece en el segundo escalón, contemplando el cuerpo inmóvil sobre el piso.

5. Lujuria

Frankenstein

¿Que por qué no debes quererme? Porque soy un monstruo. Soy un monstruo famélico al que le encantan las faldas de algodón y flores. Las he usado desde pequeña. La primera me la regaló mi padre a los siete años, ligera, en tonos verdes y rosas. Me llegaba por encima de las rodillas y su vuelo me permitía sentir el aire en los muslos; era muy agradable. Mi padre, que ahora tiene Alzheimer, aún se acuerda de ella, y cuando le quemo las manos con cigarrillos sonríe y me susurra que es su favorita. Soy un monstruo, pero no siempre fui consciente de ello. Hacía cosas de monstruo sin saber que eran monstruosas. Hasta que, con quince años, mi padre me abrió los ojos.

Un poco antes, a los trece, descubrí un juego aberrante. Sucedió una tarde de julio después de almorzar, en el parque de la urbanización donde vivíamos entonces. No era un parque para niños, sino uno con árboles y arbustos y suelo de tierra. Ellos eran cinco; nosotras, dos. Nunca les habíamos visto por allí porque nosotras éramos ricas; teníamos piscina y sirvienta, y cámaras de seguridad —aunque no en el parque—, y no nos mezclábamos con chicos de esa clase. Solo querían conocernos, dijeron sin ningún pudor, tan confiados a esa edad —la misma que nosotras—. Les contestamos que las señoritas no hablan con desconocidos y menos con los que llevan ropa cutre. Nuestro desprecio los animó y nos arrinconaron contra un árbol. Recuerdo sus risas y sus ojos llenos de rabia. El parque estaba un poco apartado de los chalets, por lo que nadie oyó nuestros gritos. Entonces, sin dejar de reír, nos propusieron el juego: nos dejarían marchar, pero contarían hasta veinte antes de empezar a perseguirnos. Si nos alcanzaban, nos tocarían todo lo que quisieran, dijeron con malicia. Uno, dos, tres… No jugaron limpio, solo llegaron hasta seis. Nos acorralaron contra un montículo de arena y comenzaron a sobarnos las tetas y la entrepierna; el culo no, porque no nos despegábamos del montículo. No nos sujetaron ni nada de eso, tan solo se acercaban por turnos, nos tocaban y después se retiraban para darle paso al siguiente. Mi amiga gritaba; yo no. Yo me quedé paralizada mientras sentía cómo sus manos subían por mis piernas delgadas bajo una minifalda de algodón con flores azules. Así estuvieron un buen rato, siempre riéndose, con risa de pervertidos, hasta que se marcharon prometiendo que volverían al día siguiente. Nunca les contamos nada a nuestros padres, porque, dime, ¿cómo podíamos contar algo así?

Esa noche hacía mucho calor y tardé en dormirme. Cuando fui al baño, vi que me había bajado la regla —era la segunda vez que la tenía—. En unos instantes llegó el dolor, pero lo que había ocurrido aquella tarde me ayudó a soportarlo. No estoy segura de si fueron las hormonas o mi cualidad monstruosa, pero no sentía miedo, sino una mezcla de vergüenza, culpa y nostalgia. Un echar de menos las manos debajo de mi falda de algodón, manoseando todo mi cuerpo, especialmente las partes que no se deben tocar. También añoraba las risas y las miradas de aquellos muchachos pobres llenos de odio y lascivia. Nunca me habían mirado así al tocarme. Mi padre siempre había sido más elegante y tierno, supongo que porque él era rico. Yo lo amaba, a mi padre, aunque eso no impidió que él dejara de quererme. En la celebración de mi decimotercer cumpleaños, me susurró al oído que ya no volvería a mi habitación porque yo era demasiado grande y tendría eso todos los meses. Fue entonces cuando empezó a comprarle regalos a mi prima Marta, que solo tenía nueve años, y yo decidí dejar de comer para parecerme más a ella. La primera comida del día que excluí fue la cena; no me resultó difícil, pues mi madre siempre andaba en sus asuntos y mi padre estaba demasiado ensimismado con mi prima como para dedicarme su atención.

Mi padre no volvió a meterse entre mis piernas, pero los chicos pobres sí que regresaron, como habían prometido. Cuando los vi aparecer, llevaba un buen rato esperando, sola —mi amiga nunca volvió al parque ese verano—, con mi falda de algodón y flores azules. Al verlos, algo se removió en mi estómago, como les ocurre a los que se acaban de enamorar. Al principio me parecieron desconcertados —supongo que no esperaban encontrarme allí—, pero enseguida comenzamos el juego. Jugamos durante un buen rato, hasta que vimos a los primeros vecinos que ya salían a hacer deporte. Después de esa tarde, vinieron todas las tardes, como prometían siempre antes de despedirse. Dos semanas después, las reglas cambiaron; ya no contaban hasta seis o cuatro, ni siquiera hasta uno. Yo tampoco corría; aprovechábamos el tiempo. Ahora sé que hacía cosas de monstruos, pero en ese momento no era consciente. No te sorprendas; es algo que sucede a menudo: muchos de nosotros nunca llegamos a conocer a los seres que nos habitan.

Cuando acabó el verano dejé de frecuentarlos, en parte porque, con la retirada del calor, en el parque siempre había gente. Pero la razón principal era que el juego ya no me interesaba. Quería más. «Parecéis tontos, demostradme que me amáis», grité una tarde. «Yo sí os amo». Se miraron unos a otros con los ojos muy abiertos, como si estuviera loca; incluso me pareció que se asustaron un poco. «Demuéstrame que me quieres», le había dicho también a mi padre antes de apagar las velas de mi decimotercer cumpleaños, susurrando como él solía susurrarme de pequeña.

—Tía, ¿qué te pasa?
—Qué mal rollo, yo me voy.
—¿Volveréis?
—Sí, mañana, pero déjate de historias raras, ¿vale?

No me entendían, eran solo chicos que hacían cosas de chicos. Y yo era un monstruo.

A los quince pesaba cuarenta y dos kilos —había conseguido eliminar de mi dieta también el desayuno— y nunca decía «no» a los hombres. A los chicos sí, pero a los hombres no, porque ellos sí entienden a los monstruos. Entonces, descubrí otro juego. Él tenía treinta y nueve y era mi vecino. Con él me dolió y sangré. «Que no se entere tu padre», me dijo cuando terminamos. «Me mataría». «Tranquilo», respondí, tapándome la nariz para evitar el olor a animal muerto que había en la explanada a la que me había arrastrado aquella noche. Otras veces me llevaba a cenar a los bares de los barrios pobres, porque allí nadie nos conocía. Yo nunca comía nada, pero lo acompañaba tomando una copa de vino. Después nos íbamos a un hostal, para pobres también. Hablaba mucho cuando teníamos sexo. «Me gustas, me haces muy feliz; si no estuviera casado…». Pero sobre todo «que no se entere tu padre». Nos acostamos unas cuantas veces más, las suficientes para confirmar que, con él, el sexo era realmente frustrante. Antes de dejarle, un amigo de la familia nos vio besándonos en un bar cutre y se lo contó a mis padres; nunca supe qué hacía este amigo en aquel bar, pues él también era rico. «Puta», gritó mi madre varias veces, la única palabrota que le escuché decir en toda su vida. Mi padre solo me llamó monstruo, sin alterarse, con ese tono pausado que siempre usó cuando me desabrochaba la cremallera de la falda de algodón con flores verdes y rosas. Fue entonces cuando me miró a los ojos y me llamó monstruo. Fue entonces cuando descubrí lo que soy: un engendro del que su creador había renegado. Su mirada rebosaba asco y desprecio. Supongo que debió de ser duro para él saber que su niña no era solo suya, a pesar de que ya no me quería. No volvió a dirigirme la palabra hasta que volví del internado.

Mi madre se empeñó en enviarme a un colegio solo para señoritas, de esos regentados por monjas. Ella siempre había querido internarme en un colegio así, desde pequeña, pero mi padre nunca accedió alegando que educar a un niño en un ambiente más familiar lo convertiría en un adulto con más confianza en sí mismo. Esta vez no se opuso. Hasta creí ver un indicio de alivio en sus ojos. Mi madre salió de la habitación murmurando que allí corregirían a la descarriada que tenía por hija.

No tuve problemas en adaptarme, aunque echaba de menos tener mi propia habitación. Mi compañera de cuarto se llamaba Claudia, tenía catorce años y estaba bien metidita en carnes; yo seguía pesando cuarenta y dos kilos y preveía que el estar lejos de casa me facilitaría perder más peso. También sentía nostalgia de loshombres. El único varón que nos visitaba era el padre Felipe, para confesarnos —a las monjas y a las chicas—, una vez en semana. El padre estaba al día de las debilidades de cada una de nosotras. A mí siempre me preguntaba si me tocaba y con qué frecuencia. Yo le respondía que no, que ese no era mi juego, que yo prefería que me tocara un hombre, como lo había hecho mi padre. Visiblemente escandalizado, el cura siempre respondía lo mismo: «Hija mía, tienes que rezar mucho», y se santiguaba con gestos rápidos y mecánicos. Cuando me despedía, yo me quedaba arrodillada ante el confesionario un poco más, haciéndome la remolona mientras alisaba una falda de algodón de rosas rojas —mi última adquisición—. El cura no era guapo, era viejo y siempre tenía manchitas blanquecinas en las comisuras de los labios; pero cada vez que iba a confesarme me ponía la falda. No sé muy bien por qué lo hacía. Supongo que porque era un monstruo. Nadie más podría comportarse así, ¿verdad?

Después de tres meses, una noche en la que no podía coger el sueño —ese día me había excusado de todas las comidas alegando que tenía náuseas—, ocurrió lo inevitable. Claudia llevaba dormida un buen rato. La calefacción estaba muy alta, por lo que, pese a ser invierno, hacía mucho calor. Me quité el pijama y me quedé en braguitas de señorita de bien, inmaculadas. Supongo que fue el calor lo que me hizo soñar con un paisaje estéril de arena caliente. En mi sueño, yo aparecía echada sobre una duna gigantesca y numerosas manos subían y bajaban por mis piernas desnudas, cubiertas solo por un tatuaje infinito de flores azules y verdes, y rosas también. Manos morenas de chicos, y de hombres, y de padres. Y sus dedos trepando hasta alcanzar el objetivo, y otra vez alejándose. Cuando desperté, no pude soportar tanta quemazón concentrada ahí abajo y comencé a masturbarme. Mis grititos despertaron a Claudia, que llamó a la madre superiora pensando que me ocurría algo malo. La muy tonta.

Al día siguiente, me expulsaron del internado. Mi padre no dijo nada cuando la madre superiora le explicó que no podía tolerar ese tipo de comportamiento en una institución como la suya. Mi madre no paró de llorar y volvió a llamarme puta. «No soy una puta, mamá, soy un monstruo», la corregí cuando volvíamos a casa en el coche de mi padre. Él siguió conduciendo como si nada, pero yo escuché cómo el aire se acumulaba en su pecho y después salía despacio y contundente. Conocía ese suspiro. «Has perdido peso», me dijo al fin. «Pareces una niña». Ahora era un monstruo que pesaba cuarenta kilos.

Te juro que lo que sucedió después me resultó totalmente inesperado. Llegó como uno de esos premios que venían en las sorpresas que solía comprar de pequeña. A mí el que más me interesaba era el tebeo. En cada remesa había un único sobre con un tebeo como premio y, como yo siempre tenía más dinero que las demás niñas, las compraba todas para quedarme con él. Ese día me sentí como si me hubiera tocado el tebeo sin haber comprado ninguna sorpresa. En cuanto llegamos a casa, mi madre cogió las llaves de su coche, sin dejar de llorar, y se fue; no dijo a dónde. Tan solo oímos el ruido del motor alejándose. Entonces mi padre me cogió del brazo y me llevó a su habitación. Me tumbó en la cama, un poco enfadado, creo, y comenzó a desabrocharse los pantalones. No dejó de llamarme monstruo hasta que acabó, y cuando lo hizo me aseguró que no volvería a ocurrir; una última vez por los viejos tiempos, antes de enviarme a un lugar en el que corregirían mi deformación. Quise protestar, pero el grito que no salió de la garganta de mi madre hizo que mis palabras quedaran ancladas en algún rincón de la mía. No habíamos oído el coche cuando ella regresó, tan pronto. Tampoco la oímos subir las escaleras; solo la puerta que se abría. Ella comenzó a gritar: «¡Monstruo! ¡Monstruo! ¡Monstruo!». Por fin lo había entendido. Y se quedó allí, paralizada, con la cara entre las manos, sollozando. Mi padre se puso los pantalones y se dirigió hacia ella, la abrazó y la llevó abajo. Mi madre se giró hacia mí, repitiendo «monstruo» antes de abandonar la habitación. «Lo sé, lo sé», dije en voz baja.

Entonces me enviaron a una casa de reposo, un eufemismo con el que nombrar al manicomio de lujo en el que estuve internada durante tres años —hasta alcanzar la mayoría de edad—. Cuando me fui, mi esencia aberrante era aún la misma. Mis padres habían albergado la esperanza de que allí me harían cambiar, como si estos lugares pudieran convertirla a una en otra persona o en otra cosa, en lo que no se es. Mi madre no volvió a dirigirme la palabra; supongo que murió sin haberse recuperado del horror de haber parido a un monstruo. Ahora tengo cuarenta y cinco años y peso treinta y ocho kilos. Vivo sola —es difícil aceptar a un engendro— y no permito que nadie intime demasiado conmigo para que no descubran lo que soy. La casa de reposo —como la llamaba mi padre— no me cambió, pero me enseñó a convivir con mi monstruosidad. Vivo lejos de la barriada donde crecí y tengo un trabajo que me gusta y amigos que ni siquiera pueden imaginar mi secreto. Aún uso faldas de algodón y flores. Me las pongo cuando salgo por ahí a hacer monstruosidades, como si fuera la criatura de Frankenstein en busca de víctimas. El resto del tiempo uso otras prendas para parecer normal; a veces hasta consigo engañarme a mí misma —también esto lo aprendí en el manicomio para ricos— y, durante un tiempo, soy capaz de vivir otra vida en la que no soy un engendro. Hasta que visito a mi padre en la residencia en la que está internado —lo que no ocurre demasiado a menudo— y vuelven las imágenes de sus manos bajo mis flores verdes y rosas. Una vez, en una de las visitas, me confesó que estuvo a punto de pedirme perdón el día de mi decimotercer cumpleaños, pero que no quiso estropearme la fiesta. Y como después descubrió que yo era un monstruo, pensó que pedir disculpas ya no tenía sentido y que «aquello» habría ocurrido de todas formas, por mi condición monstruosa. Yo no le hablo. Permanezco callada junto a la silla de ruedas en la que una enfermera le trae a la sala de visitas. Miro por la ventana y contemplo un parque de niños que nunca he visto vacío. Entonces saco un cigarrillo y le doy una calada, solo una, con el resto me entretengo en quemarle las manos. Después le quedan marcas rojas. Creo que le duele, pero no se queja, solo susurra que la falda de algodón de flores verdes y rosas ha sido siempre su favorita. La primera vez me fui preocupada a casa, con miedo a que en la residencia alguien me denunciase; pero nadie lo hizo. Nunca lo han hecho. ¿Puedes creerlo?

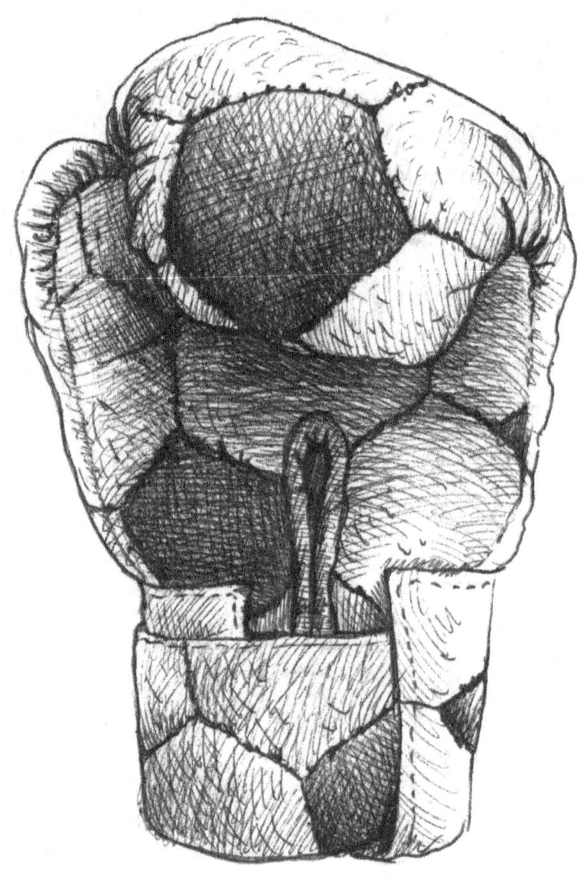

6. Ira

La final

Los cinco jóvenes alzan ligeramente el cuello y sus ojos se encuentran con la gran pantalla: el espectáculo está a punto de empezar. Sentado en una silla blanca de plástico, Andrés estira las piernas sobre una mesa roja, de plástico duro también. Todos beben cerveza y de vez en cuando le dan un bocado a su cena traída de casa. No hay problema. Paco, el dueño del bar, es un buen tipo. Los conoce a todos desde niños y les permite traer comida a los partidos para que solo tengan que consumir las bebidas, para que no gasten mucho. Una voz ronca y varonil comienza a retransmitir la alineación de los dos equipos y el bullicio que domina el bar cesa unos instantes. Un árbitro calvo y zambo pita el comienzo del encuentro. Y el alboroto regresa.

Han pasado ya veinte minutos y la monotonía reina en el campo. El balón pasa de un jugador a otro sin ánimo, con lentitud y a trompicones, como sorteando los charcos de apatía que inundan el césped. Andrés pide otra cerveza, esta vez que esté más fría. Charla con sus amigos y ríe, y se ajusta la bufanda blanca y azul, con cuidado de no ocultar el escudo. Se observa los pies, calzados en unas botas de fútbol con los colores de su equipo que le regaló su madre. Y junto a ellas, las botas de sus amigos, alineadas sobre la superficie colorada. Le da el último mordisco a su bocadillo de atún y bebe un trago de cerveza. «Seiscientos euros; hay que joderse. Seiscientos euros», piensa Andrés mientras humedece los labios agrietados con la lengua. A este paso nunca podrá independizarse. Pero no quiere pensar en eso ahora. Sigue viendo el partido más importante de la liga.

Un «uuuuyyy» estridente y unísono rompe la decadencia del juego. El balón ha estado a punto de entrar en la portería contraria. «¡Si es que no se mueven, joder. Así nos van a meter por lo menos cinco!». Andrés se quita la bufanda blanquiazul, la deja caer en la mesa y, con su frustración, regresan las rumiaduras. Seiscientos euros por un mes de trabajo en el campo recogiendo aceitunas. Recuerda las palabras del capataz —«esto es lo que hay; si no lo quieres, llamo a otro»—, articuladas con acritud y arrogancia, como si el campo fuera suyo. Abre el puño de su mano derecha para alcanzar la cerveza y su mandíbula se afloja al darle un trago. «Seiscientos euros». Allá en el estadio se oye el sonido continuado de un claxon y numerosos gritos de ánimo.

Y entonces ocurre. La mano del árbitro se lleva un objeto a la boca y al instante lanza un pitido que a Andrés le parece eterno. Le han pitado falta dentro del área a uno de los jugadores de su equipo. Hay que tirar penalti. Algunos clientes se llevan la mano a la cabeza, otros hacen gestos de disgusto y otros se frotan las manos, abofeteando con sus risas a los contrincantes. Andrés se levanta bruscamente de la silla, con la cara roja y desencajada. En la pantalla, el público abuchea al colegiado y algunos jugadores lo separan de un espontáneo.

—¡Hijo de puta! —grita Andrés—. ¿No tienes gafas o es que estás comprado? ¡Cabrón!

—¡Eh, Andrés! —le dice Paco—. Si vas a empezar como siempre te largas, ¿vale? No voy a tolerar más ese comportamiento. Ya te lo dije.

—Venga, Andrés, tío, cálmate —interviene uno de sus colegas—. Solo es un partido.

—¡No me jodas, Pablo! ¿Cómo que solo un partido? Es la final, tío, la final. Nos lo jugamos todo y ese cabrón nos la va a quitar —responde Andrés con los ojos acuosos.

—Ya te he dicho lo que hay —le repite Paco.

—Venga, tío, tranquilízate —le susurra otro amigo.

—Está bien, ya me calmo, ¡ea! Ya está.

Andrés se sienta y pide otra cerveza, la tercera ya. Paco se le queda mirando y duda si servírsela o no. Finalmente, le lleva un botellín a la mesa. El grupo sigue inmerso en el partido, como todos los clientes, cuyas voces se han desvanecido con la expectación de la falta. El equipo contrario se prepara para lanzar el balón. Lo hará su mejor tirador, el que nunca falla un penalti. Andrés se tapa los ojos con sus manos callosas y hace caso omiso de sus dientes, que se entrechocan en un rechinar apenas perceptible. «Es la final. Y el hijo de puta ese se la va a cargar. Y encima los seiscientos euros de mierda». Al fondo de la barra se oye un «¡gol!» tímido y seco. «¡Qué hijo de puta!».

El partido continúa y el alboroto regresa al bar de Paco. Ahora los otros jugadores están más animados; han cogido confianza tras marcar el penalti. El balón va de uno a otro, ansioso, con la urgencia de llegar de nuevo a la portería contraria. Y llegará. La apatía de su equipo ha sido avivada por el imbécil del árbitro. Es injusto. Deberían haber comprobado la falta en el VAR. Es lo que hay. ¡Pero qué coño! No se va a quedar de brazos cruzados. Andrés le da una patada a la mesa y lanza el botellín hacia el televisor sin alcanzarlo. Las burbujas blancas se abren paso sobre las franjas moradas de la pared hasta llegar al suelo, donde se mezclan con los cristales rotos. Un olor amargo comienza a flotar en el aire. De repente una mano lo agarra del pelo y levanta su cuerpo flaco de la silla.

—¡Joder, Paco! ¿Qué coño haces?

—Te vas, venga, ya te avisé. No estoy dispuesto a aguantar más tus gilipolleces. Se acabó.

—Perdona, tío, pero es que… es la final. ¡La final!

—¡Que te vayas! ¡Ya!

—Está bien, está bien. Me voy, ya me voy.

Pero antes de dejar el bar, Andrés se vuelve hacia Paco y le da un puñetazo en la nariz. Y sale corriendo. La puerta se cierra tras él, de un golpe, ante el desconcierto del resto de la clientela. Son las ocho y diez. Si se da prisa y su madre no está acaparando la televisión, podrá ver lo que queda del partido en casa. Camina rápido, encogido de hombros, sintiendo su pulso veloz en las yemas heladas de los dedos. Se pone la bufanda del equipo hasta cubrirse los labios, con cuidado de no ocultar el escudo. Las hojas de los plataneros, anaranjadas y secas, revolotean en la frialdad de la tarde. Mientras se dirige a casa piensa en el partido, en el árbitro —hijo de puta— y en la falta. Y también en Paco. Al menos se ha desahogado pegándole a ese cabrón. Ahora tendrá que buscarse un nuevo bar en el que ver los partidos, pero no quiere pensar en eso. Ni en eso ni en lo de los seiscientos putos euros. Los días de partido están para otra cosa.

7. Soberbia

No morirás

El suero del gotero al que han conectado a mi madre baja despacio hasta alcanzar su sangre, como una cascada diminuta que conduce un hilo de agua hasta una poza medio seca. Llevamos dos días en el hospital, en una habitación toda de blanco roto. Hay una ventana con barrotes grises que da a la calle, pero nunca me asomo a ella porque no llego, está demasiado alta. Paso la mayor parte del tiempo al lado de la cama, sentada en un sillón imitación a piel, con las manos de mi madre entre las mías, con mucho cuidado de no rozar el gotero. Desde el sillón puedo ver un cartel colgado junto a la ventana. Es blanco y en él aparece escrito, en letras verdes, el quinto mandamiento de este nuevo Estado creado por el Partido: «NO MORIRÁS». He perdido la cuenta de cuántas veces lo he leído —no hay mucho que hacer aquí— y aún no estoy segura de si es una exigencia o una prohibición; en cualquier caso, el mensaje me parece un desafío, pero cuídate de aceptarlo en voz alta. Hay cámaras y micrófonos en todas las habitaciones, salvo en los aseos y los pasillos, claro, que no son lugares susceptibles de tal muestra de arrogancia.

Ahora mi madre comienza a suspirar. Sé lo que significa y solo son las siete de la tarde: pasarán al menos dos horas hasta la siguiente dosis. Abre los ojos y me mira, inmóvil. Entonces cierra los párpados y grita que se quiere morir. «Más bajo, mamá», le susurro, y me pongo en pie a toda prisa para taparle la boca. Pero antes de hacerlo me giro hacia la cámara, como esperando que el dispositivo confirme mis sospechas. Después miro en dirección a la puerta. Y veo a un chico de unos treinta años observándola fijamente. Seguro que la ha oído. Y ellos también. Sé que habrá un castigo —es la ley—, pero no me imagino cuál. Entonces camino hacia la puerta y le doy con ella en las narices a la mirada insolente del chico.

Unos minutos más tarde llega el comité. Los hay en todos los hospitales y en las residencias de ancianos. Estos son tres, vestidos con togas negras. Calculo que tienen entre cincuenta y sesenta años y muchos deseos de poner orden, como si la habitación estuviera patas arriba. El mayor lleva un librito entre las manos venosas del tamaño de medio folio, en cuya cubierta se ve a una mujer con los ojos vendados portando una balanza dorada. Su rostro flaco y anguloso es el más imponente de los tres, por la mirada incisiva, que revela una gran fortaleza de carácter. O eso creo yo. Se acerca a mí y coge mis dos manos entre las suyas. Me repugnan, pero no me suelto por miedo a desairarle. Me sermonea y nos llama presuntuosas a mi madre y a mí por nuestra falta de humildad. La vida de mi madre no le pertenece a ella, es del Estado, porque ¿quién paga sus cuidados?, ¿quién subvenciona sus tratamientos? Nos recrimina nuestra ingratitud y repite una y otra vez que estamos en sus manos. ¡Ay, la osadía de desafiarles!

Quiero replicar e implorar por mi madre, pero no me atrevo. Podrían detenerme y acusarme del mayor de los crímenes. Y luego la sentencia, la cárcel… Es la ley.

Los miembros del comité se sitúan a los pies de la cama y guardan silencio, como si estuvieran meditando. Yo me froto las manos una y otra vez, con movimientos cortos y repetitivos, sin atreverme a mover ninguna otra parte de mi cuerpo para no distraerlos. Y miro a mi madre; sus suspiros, ahora más profundos, se mezclan con quejidos de moribunda.

Tras un buen rato de incertidumbre, el más viejo me dice que se la llevan. Lo hace mientras cierra la cánula del gotero, la que permite que los restos de la última dosis vayan a parar a su torrente sanguíneo. Ninguna tentativa de rebelión debe quedar impune. Ella comienza a llorar. Mi garganta se esfuerza por que el grito salga de mi boca, pero mis labios permanecen sellados. Sin dejar de mirar el gotero, le pregunto que a dónde se la llevan. «Abajo». «¿Y dónde es abajo?» «Al sótano». Al sótano del hospital, donde llevan a los que desafían la ley. Es el castigo por nuestra arrogancia e ingratitud. Mientras habla, siento su mano marchita abierta sobre mi hombro. Me quedo callada; no hay nada que pueda hacer. Ellos tienen el poder para disponerlo todo. Así son las cosas en el nuevo mundo.

Permanezco de pie, con las palabras obstruidas en mi garganta, contemplando cómo los tres abandonan la habitación. Han dictado su sentencia y no sé cuánto tiempo tengo para despedirme de mi madre; no sé cuándo vendrán a por ella. Me acerco para darle un beso en la frente. «Te quiero, mamá», le digo apoyando mi cabeza sobre su pecho. «Si pudiera aliviar tu dolor...». Un grito repentino, exhausto y arrugado me recuerda que mi madre está sujeta a la voluntad del Estado. «Me quiero morir», grita de nuevo. Ya no importa que la oigan. Y unas gotas de sudor le bajan sin prisa por los surcos de la sien derecha. Salgo fuera porque yo también quiero gritar, desde la culpa y la rabia, pero no puedo. ¡Si al menos hubiera impedido que dijera en voz alta que se quería morir! «Abajo», pienso, «abajo».

Entonces vuelve el chico de mirada insolente que, desde la puerta de la habitación, con unas cejas tímidamente arqueadas, señala el final del pasillo. Miro la cámara y agacho un poco la cabeza, en un intento por ocultar cualquier conexión con él, y el chico se marcha. Durante unos minutos permanezco inmóvil, dudando de sus intenciones, sin entender qué interés puede tener en mí. Dudo entre seguirlo o no, me siento confusa. Dos días en un hospital vigilado por cámaras y micrófonos te hacen perder la noción del tiempo y del espacio, como si estuvieras en una cueva. Finalmente, decido seguirlo.

Avanzo por el pasillo, que se me hace interminable, detrás del chico, aun sin saber adónde me lleva. Cruzamos una puerta batiente que da al rellano de unas escaleras de mármol negro. Miro hacia arriba, no hay cámaras. Bajamos uno, dos, tres, cuatro pisos, y llegamos a lo que creo es el sótano —a donde van a traer a mi madre—. Tampoco aquí hay cámaras. El chico se detiene ante una puerta blanca y hace un ademán para que yo haga lo mismo. «Casi siempre está cerrada», dice, «pero cuando van a retirar algún cadáver, se queda un ratito abierta, el tiempo necesario para ciertos trámites». Pruebo a abrirla y cede sin dificultad. Y lo que huelo al entrar me provoca náusea: una mezcla de estiércol y cadáver en descomposición. Y no hay goteros. «No hay goteros, mamá, aquí no». Todas las camas, dispuestas en dos hileras a lo largo de la sala, están ocupadas. No veo ningún cadáver, aunque debe de haberlo —dentro de unos instantes alguien vendrá para llevárselo—. Inspecciono la sala minuciosamente y veo cuerpos sacudiendo las sábanas, como si quisieran liberarse de unas redes que los mantienen atrapados bajo un mar blanquecino. Otros permanecen quietos, pero se les oye gemir, muy bajito, porque no tienen fuerzas para expresar su dolor o porque saben que nadie les escucha. Oigo un siseo. Es el chico que me llama. Lo ignoro y continúo buscando una cama quieta y silenciosa. Pero no la encuentro. Miro hacia el fondo de la habitación y veo, colgado en la pared, el mismo cartel que hay en la habitación donde se encuentra mi madre: «NO MORIRÁS». Abajo. Esto es «abajo», un lugar donde no morir, donde cumplir la ley. Mi estómago se revuelve ante la idea de que traigan aquí a mi madre. Quiero gritar, pero el grito no sale de mi garganta porque el chico me ha tapado la boca y me agarra del brazo; hay que irse.

—¡¿Por qué me has traído aquí?! ¡¿Por qué?!
—Para que veas qué le espera a tu madre —responde abrazándome—. Todo se va a arreglar, confía en mí. Es mi trabajo: solucionar problemas a la gente como ella. —Y me enseña algo parecido a un comprimido naranja, plano y sedoso, del tamaño de la yema de un dedo—. Esto puede librarla de este lugar.
—¿Cuánto?
—Nada.

Entonces vuelvo a desconfiar de él; es extraño que alguien no desee nada a cambio de algo. Si acepto lo que me ofrece y me delata, iré a prisión.

—¿Y la autopsia?
—Nunca encontrarán nada —dice negando con la cabeza.
—¿Qué contiene?
—El descanso para tu madre. —Sonríe.

Aún dudo si aceptar el comprimido o no, y entonces pienso con horror en el sótano. No puedo permitir que la lleven abajo. Y acepto. El chico se despide. Dice que se marcha a otro hospital, por seguridad, aunque volverá pasado algún tiempo para continuar con su labor.

Yo vuelvo a la habitación y, de espaldas a la cámara, beso a mi madre en la mejilla y le susurro que tengo un remedio, y le cuento. Ella asiente enseguida. Con disimulo y esperanza, se aferra a la píldora. Y se la traga. Yo me quedo junto a ella, sujetando sus manos, que se agarran con cierta energía a las mías durante un rato y luego comienzan a aflojarse, poco a poco, hasta que apenas me rozan. Se está marchando al fin, y siento una pena mitigada por su alivio. Acerco mi dedo a su nariz y constato la falta de aliento. Enseguida grito pidiendo auxilio, para no levantar sospechas, y rápidamente aparecen dos enfermeros con monos blancos. La examinan y, cuando se aseguran de que está muerta, la cubren con la sábana blanca. Antes de llevarse el cuerpo, me ordenan que no me vaya aún, que hay preguntas que responder y documentos que firmar. En realidad, deseo salir de aquí cuanto antes para llorar la muerte de mi madre como ella se merece, pero obedezco. Me siento en el sillón de piel y me esfuerzo por imaginar que el chico de mirada insolente nos mira desde el pasillo. Está sonriendo… Y entonces empiezo a llorar, involuntariamente, mientras su imagen se desdibuja en mi cabeza sin que pueda decirle cuánto deseo abrazarlo.

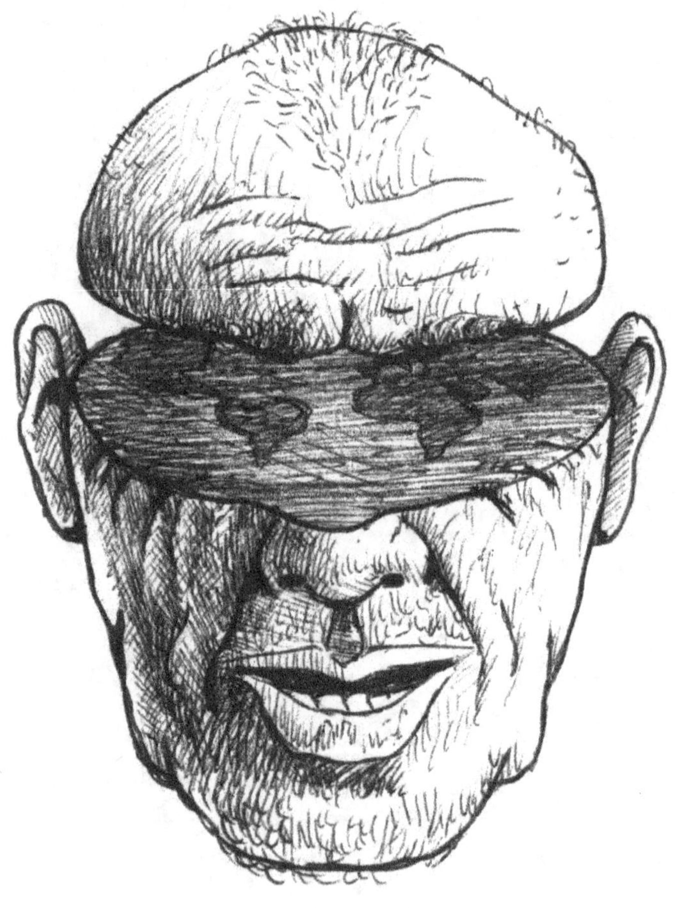

8. Ignorancia activa

Efectos secundarios

Son las nueve de la mañana y ya hay cola en el INEM. Menos mal que Mateo suele llegar temprano a todas partes: al médico, al peluquero, al banco… No quiere ni pensar en la cantidad de gente que habrá a partir de las once, cuando haya acabado la hora del desayuno. Mateo suspira, pensando que ha valido la pena el esfuerzo de madrugar; sí, el esfuerzo, porque hoy levantarse temprano ha sido verdaderamente un sacrificio, después de la nochecita que ha pasado. Y todo por ese hábito suyo de no leer los prospectos —también podría haber consultado a su médico—. No es que a Mateo le dé pereza leer tan largas instrucciones, no; no los lee porque siempre que lo hace descubre que los posibles efectos secundarios no compensan los beneficios y, al final, acaba no tomándose el medicamento. Cuando era joven sí que lo hacía; de hecho, leer prospectos constituía su única lectura. Los leía todos, los de sus medicinas y los de las medicinas de sus padres. La sección que más disfrutaba era la de las reacciones adversas. Cuando terminaba de leerlos, siempre acababa renunciando a un alivio momentáneo que, probablemente, le acarrearía consecuencias no deseadas. Claro, era joven y podía permitírselo; total, las enfermedades que solía padecer eran tan poca cosa… No como ahora, que tiene hipertensión y artritis en las dos rodillas.

Por eso anoche se tomó un ibuprofeno sin leer el prospecto, porque lo estaba matando el dolor de la rodilla derecha. Y como la tensión se le puso por las nubes, acabó en urgencias, donde permaneció varias horas hasta que se la consiguieron controlar, alrededor de las cinco de la madrugada. En realidad, se había recuperado un poco antes, pero como solo había dos médicos para todos los pacientes, tardaron en darle el alta. Antes de dejar el hospital puso una reclamación, claro; Mateo cree que si todos hiciéramos lo mismo la sanidad no estaría como está: de pena.

Ahora que lo piensa, lo de anoche fue mala suerte. Eso fue: mala suerte. Él creyó que, como su vecino Fermín suele tomar ibuprofeno sin sufrir reacciones adversas, él también podría hacerlo. Después de todo, Fermín es el vecino que más sabe del barrio. Está informado de toda la actualidad, pues escucha las noticias en la radio diariamente, y también ve la televisión —a veces se pregunta de dónde saca el tiempo—. No hay tema que se le resista y es generoso: no le importa compartir sus conocimientos y, aunque es pura sabiduría, nunca actúa como si estuviera por encima de los demás. Desde que Mateo se mudó a este barrio, a la edad de treinta y tres años, siempre ha consultado a Fermín antes de tomar cualquier decisión.

La cola no avanza; claro, solo hay dos funcionarios atendiendo, ¡qué frustración! No entiende en qué se gasta el Gobierno el dinero de sus impuestos. Mira el reloj, son las nueve y cuarto, dentro de quince minutos seguramente uno de ellos se irá a desayunar, y cruza los dedos para que lo atiendan antes. No los cruza como la mayoría, él pone el pulgar sobre el dedo corazón, porque no tiene índice en su mano derecha; se lo rebanó cortando pan, hace ya muchos años. Desde entonces este gesto le supone un pequeño esfuerzo que, intuye, de nada le va a servir ahora, como tampoco le sirvió la última vez que fue al peluquero. Este salió a tomar su aperitivo diario justo cuando llegó su turno y cuando le pidió que lo atendiera antes de marcharse, el peluquero le contestó que, si lo hacía, los demás le pedirían lo mismo; a alguien tenía que decirle que no. Y le tocó a él. Es la ley de Murphy. «Que no se vayan, que no se vayan», se repite. Si lo hacen, lo dejarán esperando una hora más al menos, porque ya sabemos cuánto tardan los funcionarios en desayunar. Fermín dice que son unos holgazanes que defraudan a los contribuyentes, que son los que pagan sus salarios. «Ufff, la rodilla», se queja, e inspecciona la sala buscando un asiento. Hay uno vacío a su derecha. Lo contempla durante unos segundos y finalmente decide permanecer de pie; no se atreve a dejar el sitio por si alguien intenta colarse. Se conforma con descansar su cuerpo menudo sobre la pierna izquierda.

Al cabo de un rato, Mateo se gira hacia la puerta y ve que la cola es ahora más larga. «¿A qué vendrá tanta gente?», se pregunta. Supone que algunos están aquí para solicitar la prestación del desempleo y se le ocurre que, de entre todos ellos, un buen tanto por ciento va a cometer fraude: van a recibir el paro y trabajar a la vez, sin contrato y cobrando en negro. Se lo dijo una vez Fermín. Que la economía sumergida es uno de nuestros mayores problemas. ¡A ver cuándo vamos a tener políticos de verdad que se enfrenten a los verdaderos problemas de este país! Y hablando de negro, uno haciendo cola en la oficina del INEM; casi seguro que acaba de llegar y ya viene a solicitar una paga. No es racista y entiende que en sus países no tienen ni qué comer, pero no es justo que los inmigrantes reciban tantas prestaciones por el mero hecho de serlo, y los de aquí, pasando necesidad. ¡Qué impotencia!

Las nueve y veinticinco y todavía es el tercero de la cola. Madre mía, qué lentos son. Fermín dice que son tan lentos porque no cobran por producir, sino por servir, y, claro, servir no le gusta a nadie. Y en cuanto pueden se escabullen —se pasan la mañana llamando por teléfono o haciendo la compra—; y si no pueden escabullirse, disminuyen el ritmo para no agobiarse demasiado. Otra injusticia: muchos funcionarios no cumplen con sus horarios. Cómo se nota que no trabajan en la privada. Si de él dependiera, habría más control en este país. Pero como tenemos lo que tenemos…

Mateo se está impacientando. Mira el reloj, después mira hacia atrás, y a los lados, y atrás de nuevo; a este paso, no les va a dar tiempo a atenderlos a todos, y enseguida vendrán más usuarios, seguro. Si se organizaran mejor… Deberían dar citas como en el centro de salud: cada cinco minutos. Así controlarían más el tiempo que pasan con cada persona. Porque no hay derecho a que pasen tanto tiempo con la misma. Dios mío, ¡qué de cosas hay que arreglar en este mundo! De todas, la que más impotencia le causa son las ayudas a los inmigrantes, esas que los de aquí no recibimos. No se lo quita de la cabeza. Mateo vuelve a consultar el reloj.

—No se impaciente, caballero. No por mucho mirar el reloj la cola avanzará más rápidamente —le dice la joven que está justo detrás de él.

Mateo la mira. ¿Cómo se atreve a inmiscuirse en sus pensamientos de esa forma? Qué descarada es la gente joven, no tiene ningún reparo en invadir la privacidad de los demás; claro, la costumbre de las redes sociales. Esta chica tiene pinta de pasar horas y horas en Facebook. Él no tiene cuenta en Facebook, ni tampoco en Twitter; no tiene tiempo de leer las tonterías y las barbaridades que se dicen en éstos sitios. Qué le importará a ella si se está impacientando. Se puede poner como le salga de dentro, para eso todavía hay libertad en este país, ¿o no? Mejor no hacerle caso. Y comienza a caminar despacio hacia el mostrador, ahora es el segundo de la cola. Vuelve a observar a la muchacha y suspira. ¡Qué sí! Sí que va a contestarle, para ponerla en su sitio.

—No estoy nervioso por eso, señorita. Estoy furioso porque no es justo que los inmigrantes reciban prestaciones cuando llegan a nuestro país, y los de aquí, pasando hambre.

Mateo mira hacia atrás. Seguro que el negro lo ha oído también; lo ha dicho en voz alta, porque necesita que lo escuche —que lo escuchen todos—. El extranjero se está haciendo el remolón, como si las palabras no fueran con él, pero lo ha entendido perfectamente, seguro; se creerá que no se ha dado cuenta. Pobre...

—Disculpe, pero eso no es cierto.
—¿Me está llamando mentiroso?
—No, no. No he querido ofenderle, pero puede que esté usted mal informado.
—Qué inocente es usted, joven. Le queda mucho por aprender en la vida.
—Estoy convencida de que se equivoca —dice enérgicamente la chica—. Pregunte a los empleados, ellos deben saberlo.
—Perdone, cielo, pero yo ya sé cómo funciona todo; bastante mal, por cierto.
—Pues le repito que no lo sabe muy bien; si fuera así, no habría dicho lo que acaba de decir. Le animo a que pregunte. Pregunte. Si no lo hace, por algo será.

Mateo se queda mirando a la chica. Esta vez no le contesta por no parecer maleducado. Tan joven y diciéndole lo que tiene que hacer. ¡A él, que ya ha cumplido los sesenta y cinco! «Le animo a que pregunte», dice. Lo que ocurre es que lo está desafiando. No debería rebajarse a su altura, pero va a aceptar el desafío. Porque a él nadie lo deja en ridículo y menos alguien a quien le queda tanto por aprender. Y con qué seguridad ha hablado la condenada. Menuda prepotencia. Sí, sí que va a preguntar; a ver quién deja en ridículo a quién.

Al fin llega su turno. Mateo saca unos papeles de una bolsita de plástico y se los entrega a la empleada. La mujer los sella, uno por uno, y le confirma que todo está bien. Pues claro que está todo bien; él no los ha leído —por falta de tiempo—, pero ya los revisó Fermín. ¿Y ahora qué? ¿Ya está? No puede creerlo, tanto esperar para que no le dediquen ni cinco minutos. Claro, como él no es amiguito…, piensa mientras estruja el plástico con ambas manos. Seguro que los de antes sí lo eran, al menos conocidos.

—¿Desea algo más? —pregunta la empleada, apremiándolo, como si quisiera quitárselo de encima cuanto antes.

—Sí, tengo una pregunta. ¿No es cierto que en este país los inmigrantes reciben una prestación cuando llegan?

—Caballero —responde la mujer mirándolo por encima de las gafas—, no le digo ni que sí ni que no, solo le sugiero que se lea esta ley si quiere averiguarlo.

«Lo sabía, lo sabía», piensa Mateo mientras recoge el pósit que le han entregado. Fermín tiene razón; si estuviera equivocado, la mujer le habría dicho «no» de inmediato. En vez de ello, pretende que él se lea una ley que seguramente tiene más de diez páginas, más que los prospectos. Se gira y mira a la joven, y le sonríe abiertamente para celebrar su triunfo.

—¿Lo ve, señorita?

La joven le devuelve una sonrisa forzada, con cara de no comprender. La funcionaria también lo mira, impaciente, y le pide que abandone la fila si no tiene otra consulta. Mateo se dirige a la puerta, sin dejar de sonreír. Después de todo, está teniendo un buen día, muy bueno si no fuera por el negro, piensa cuando pasa por su lado. Ya en la calle, Mateo recupera su buen humor. La gente no tiene ni idea de nada. Por eso algunos aprovechan para comerles la cabeza. Como la joven del INEM, que pensó que, porque él ya tiene una edad, se había caído de un guindo. Lo vio en sus ojos y en el desparpajo con que se dirigió a él. Menuda cara se le ha quedado ahora. Y lo de la empleada no tiene nombre: no decir la verdad es mentir. Ella debe saber que lo de las prestaciones a los inmigrantes es cierto, pero, por algún motivo, no ha querido reconocerlo públicamente. Les pondrá una reclamación, pero hoy no. Hoy va a invitar a Fermín a una cerveza. «Le sugiero que se lea la ley», dijo. Que se lea la ley; él, que no lee ni los prospectos.

Sobre la autora

Pepa López Sevilla (Jerez de la Frontera, 1968) es licenciada en Filología Inglesa por la Universidad de Cádiz. En la actualidad compagina la escritura con su trabajo como profesora de inglés en la Escuela Oficial de Idiomas de Ronda.

Desde pequeña ha sentido una gran atracción por los libros, y en especial por la escritura, por lo que hace algunos años decidió formarme como escritora y lectora. Ha sido (y sigue siendo) alumna de la escuela *escritores.org*, y de Escuela de Escritores.

Su formación como lectora le ha proporcionado las claves para realizar una lectura más crítica de cada libro que lee y también le ha permitido adentrarse en el mundo de los talleres y grupos de lectura, los cuales le apasionan. No tiene un género preferido, pero si tuviera que decantarse por alguno, una intrigante novela negra o un buen relato corto serían el pasatiempo perfecto para cualquier hora del día o la noche.

Como escritora le apasiona escribir relatos cortos en los le gusta mezclar lo social y lo cotidiano con elementos góticos o fantásticos. Quizás por eso es una gran admiradora de Mariana Enríquez, aunque sigue también a escritores de géneros tan diversos como Samantha Schweblin, Joy Williams, Juan José Millás, Benjamín Prados, Almudena Grandes o Eider Rodríguez, entre otros muchos, sin olvidar a Julio Cortázar, un gran referente para ella.

En agosto de 2018 ganó un premio al mejor microrrelato semanal en la Cadena Ser, en la edición de verano, con «Reinserción». También en verano de 2018 resultó finalista en el concurso de microrrelatos convocado por EAPN (Red Europea de Lucha contra la Pobreza y la Exclusión Social) con el microrrelato «Reforma laboral».

Hasta hoy tiene dos relatos cortos publicados, «Modales» y «Adiós, cigüeña, adiós», incluidos en las antologías de relatos *Magia sanadora* y *Un lugar contra el frío,* respectivamente, ambas publicadas por Escuela de Escritores.

Índice